Todos los libros de Linkgua Ediciones cuentan con modelos de Inteligencia Artificial entrenados por hispanistas. Pregúntale al chat de tu libro lo que desees acerca de la obra o su autor/a.

Para ebooks: Accede a nuestro modelo de IA a través de este enlace.

Para libros impresos: Escanea el código QR de la portada con tu dispositivo móvil.

Obtén análisis detallados de nuestros libros, resúmenes, respuestas a tus preguntas y accede a nuestras ediciones críticas generativas para una experiencia de lectura más enriquecedora.
La transparencia y el respeto hacia la autoría de las fuentes utilizadas son distintivos básicos de nuestro proyecto. Por ello, las respuestas ofrecen, mediante un sistema de citas, las fuentes con las que han sido elaboradas.

Federico García Lorca

Yerma

Edición de Jorge Cabezas

Barcelona 2024
Linkgua-ediciones.com

Créditos

Título original: Yerma.

e-mail: info@linkgua.com

Diseño de la colección: Michel Mallard.

ISBN rústica ilustrada: 978-84-9007-606-4.
ISBN tapa dura: 978-84-9953-219-6.
ISBN ebook: 978-84-9953-386-5.

Sumario

Brevísima presentación

La vida

Federico García Lorca (Fuente Vaqueros, Granada, 5 de junio de 1898-entre Víznar y Alfacar, 18 de agosto de 1936). España.

Poeta, dramaturgo y prosista. Adscrito a la llamada generación del 27, es el poeta de mayor influencia de la literatura española del siglo XX.

Nació en una familia de posición económica desahogada y fue bautizado con el nombre de Federico del Sagrado Corazón de Jesús García Lorca; su padre fue don Federico García Rodríguez, un hacendado, y su madre, doña Vicenta Lorca, maestra de escuela que fomentó el gusto literario a su hijo.

Como estudiante fue algo irregular, abandonó la Facultad de Derecho de Granada para instalarse en la Residencia de Estudiantes de Madrid (1918—1928); y pasado un tiempo regresó a la Universidad de Granada donde se graduó como abogado.

En 1918 publicó su primer libro *Impresiones y paisajes*, costeado por su padre. En 1920 se estrenó su obra de teatro *El maleficio de la mariposa*, y en 1921 se publicó su *Libro de poemas*. En esta época frecuentó a los poetas de su generación: Jorge Guillén, Pedro Salinas, Gerardo Diego, Dámaso Alonso, Rafael Alberti, y sobre todo a Buñuel y Dalí, a quien después le tributó *Oda a Salvador Dalí*. El pintor, por su parte, pintó los decorados de la pieza teatral *Mariana Pineda*.

Hacia 1928 Lorca publicó la revista literaria *Gallo*, de la cual salieron apenas dos números.

En 1929 se marchó a Nueva York. Para entonces se habían publicado, además de los libros ya citados, sus libros *Canciones* (1927) y el *Primer romancero gitano* (1928), su obra poética más célebre.

De su viaje a Nueva York nace el libro *Poeta en Nueva York*. De esta ciudad Lorca viajó en 1930 a La Habana, donde escribió parte de sus obras *Así pasen cinco años* y *El público*, ese año regresó a España donde fue recibido en Madrid con la noticia de que su farsa *La zapatera prodigiosa* estaba en escena.

En 1931 se instaura la Segunda República española y esta nombró a Fernando de los Ríos como Ministro de Instrucción Pública, quien fue el principal mecenas de Lorca durante los primeros años del poeta en España. García Lorca fue nombrado codirector de la compañía estatal de teatro La barraca donde produjo, dirigió, escribió, y adaptó varias obras teatrales. Escribió en este período *Bodas de Sangre*, *Yerma* y *Doña Rosita la soltera.*

En 1933 viajó a Argentina y su puesta en escena de *La dama boba* de Lope de Vega atrajo a más de sesenta mil personas. Entre este año y 1936 escribió *Diván de Tamarit*, *Llanto por Ignacio Sánchez Mejías*, *La casa de Bernarda Alba* y trabajó en *La destrucción de Sodoma.*

Tras el estallido de la Guerra Civil española, Lorca rehusó el exilio ofrecido por Colombia y México, cuyos embajadores previeron que el poeta pudiera ser víctima de un atentado.

Tras una denuncia anónima, el 16 de agosto de 1936 fue detenido en la casa de su amigo, el también poeta Luis Rosales, quien obtuvo la promesa de que sería puesto en libertad «si no existía denuncia en su contra». La orden de ejecución fue dada por el gobernador civil de Granada, José Valdés Guzmán. Valdés contaba con el visto bueno del general Queipo de Llano, a quien se consultó sobre qué hacer con Lorca. Parece que fue fusilado la madrugada del día 18 de agosto de 1936.

El dilema

La vida corre por la sangre de Yerma y Yerma está casada con un hombre honesto. El dilema de esta obra es muy freudiano, ¿si alguien ama y no desea, puede hacer feliz a alguien y puede, incluso, darle una vida intensa?

A la vez Yerma no puede articular qué quiere. ¿Quiere ser madre, quiere ser deseada, quiere ser plena? Nunca sabremos del todo qué anhela Yerma.

Por suerte el talento de Lorca va más allá y a sabiendas de todo esto cada lectura de *Yerma* nos revela otra arista de la búsqueda personal de uno mismo y de la insaciable incapacidad para encontrar alguna forma de Epifanía.

Yerma

Personajes

Yerma
Lavandera tercera
Hembra
Juan
María
Lavandera cuarta
Cuñada primera
Víctor
Vieja pagana
Lavandera quinta
Cuñada segunda
Macho
Dolores
Lavandera sexta
Mujer primera
Hombre primero
Lavandera primera
Muchacha primera
Mujer segunda
Hombre segundo
Lavandera segunda
Muchacha segunda
Niños
Hombre tercero

Acto primero

Cuadro primero

Al levantarse el telón está Yerma dormida con un tabanque de costura a los pies. La escena tiene una extraña luz de sueño. Un Pastor sale de puntillas, mirando fijamente a Yerma. Lleva de la mano a un niño vestido de blanco.
Suena el reloj. Cuando sale el pastor, la luz azul se cambia por una alegre luz de mañana de primavera. Yerma se despierta.

CANTO

Voz (Dentro.)	A la nana, nana, nana, a la nanita le haremos una chocita en el campo y en ella nos meteremos.
Yerma	Juan. ¿Me oyes? Juan.
Juan	Voy.
Yerma	Ya es la hora.
Juan	¿Pasaron las yuntas?
Yerma	Ya pasaron todas.
Juan	Hasta luego.

(Va a salir.)

Yerma ¿No tomas un vaso de leche?

Juan ¿Para qué?

Yerma Trabajas mucho y no tienes tú cuerpo para resistir los trabajos.

Juan Cuando los hombres se quedan enjutos se ponen fuertes, como el acero.

Yerma Pero tú no. Cuando nos casamos eras otro. Ahora tienes la cara blanca como si no te diera en ella el Sol. A mí me gustaría que fueras al río y nadaras, y que te subieras al tejado cuando la lluvia cala nuestra vivienda. Veinticuatro meses llevamos casados y tú cada vez más triste, más enjuto, como si crecieras al revés.

Juan ¿Has acabado?

Yerma (Levantándose.) No lo tomes a mal. Si yo estuviera enferma me gustaría que tú me cuidases. «Mi mujer está enferma: voy a matar este cordero para hacerle un buen guiso de carne. Mi mujer está enferma: voy a guardar esta enjundia de gallina para aliviar su pecho; voy a llevarle esta piel de oveja para guardar sus pies de la nieve». Así soy yo. Por eso te cuido.

Juan Y yo te lo agradezco.

Yerma Pero no te dejas cuidar.

Juan Es que no tengo nada. Todas esas cosas son suposiciones tuyas. Trabajo mucho. Cada año seré más viejo.

Yerma Cada año... Tú y yo seguiremos aquí cada año...

Juan (Sonriente.) Naturalmente. Y bien sosegados. Las cosas de la labor van bien, no tenemos hijos que gasten.

Yerma No tenemos hijos... ¡Juan!

Juan Dime.

Yerma ¿Es que yo no te quiero a ti?

Juan Me quieres.

Yerma Yo conozco muchachas que han temblado y lloraron antes de entrar en la cama con sus maridos. ¿Lloré yo la primera vez que me acosté contigo? ¿No cantaba al levantar los embozos de holanda? ¿Y no te dije: «¡Cómo huelen a manzana estas ropas!»?

Juan ¡Eso dijiste!

Yerma — Mi madre lloró porque no sentí separarme de ella. ¡Y era verdad! Nadie se casó con más alegría. Y sin embargo...

Juan — Calla.

Yerma — Callo. Y sin embargo...

Juan — Demasiado trabajo tengo yo con oír en todo momento...

Yerma — No. No me repitas lo que dicen. Yo veo por mis ojos que eso no puede ser... A fuerza de caer la lluvia sobre las piedras éstas se ablandan y hacen crecer jaramagos, que las gentes dicen que no sirven para nada. Los jaramagos no sirven para nada, pero yo bien los veo mover sus flores amarillas en el aire.

Juan — ¡Hay que esperar!

Yerma — ¡Sí, queriendo!

(Yerma abraza y besa al Marido, tomando ella la iniciativa.)

Juan — Si necesitas algo me lo dices y lo traeré. Ya sabes que no me gusta que salgas.

Yerma — Nunca salgo.

Juan — Estás mejor aquí.

Yerma Sí.

Juan La calle es para la gente desocupada.

Yerma (Sombría.) Claro.

(El Marido sale y Yerma se dirige a la costura, se pasa la mano por el vientre, alza los brazos en un hermoso bostezo y se sienta a coser.)

¿De dónde vienes, amor, mi niño?
«De la cresta del duro frío.»
(Enhebra la aguja.) ¿Qué necesitas, amor, mi niño?
«La tibia tela de tu vestido.»
¡Que se agiten las ramas al Sol
y salten las fuentes alrededor!

(Como si hablara con un niño.)

En el patio ladra el perro,
en los árboles canta el viento.
Los bueyes mugen al boyero
y la Luna me riza los cabellos.
¿Qué pides, niño, desde tan lejos?

(Pausa.)

«Los blancos montes que hay en tu pecho.»
¡Que se agiten las ramas al Sol
y salten las fuentes alrededor!

(Cosiendo.)

Te diré, niño mío, que sí.
Tronchada y rota soy para ti.
¡Cómo me duele esta cintura
donde tendrás primera cuna!
¿Cuándo, mi niño, vas a venir?

(Pausa.)

«Cuando tu carne huela a jazmín.
¡Que se agiten las ramas al Sol
y salten las fuentes alrededor!»

(Yerma queda cantando. Por la puerta entra María, que viene con un lío de ropa.)

Yerma ¿De dónde vienes?

María De la tienda.

Yerma ¿De la tienda tan temprano?

María Por mi gusto hubiera esperado en la puerta a que abrieran. ¿Y a que no sabes lo que he comprado?

Yerma Habrás comprado café para el desayuno, azúcar, los panes.

María No. He comprado encajes, tres varas de hilo, cintas y lana de color para hacer madroños.

El dinero lo tenía mi marido y me lo ha dado él mismo.

Yerma — Te vas a hacer una blusa.

María — No, es porque... ¿sabes?

Yerma — ¿Qué?

María — Porque ¡ya ha llegado!

(Queda con la cabeza baja.)

(Yerma se levanta y queda mirándola con admiración.)

Yerma — ¡A los cinco meses!

María — Sí.

Yerma — ¿Te has dado cuenta de ello?

María — Naturalmente.

Yerma — (Con curiosidad.) ¿Y qué sientes?

María — No sé. (Pausa.) Angustia.

Yerma — Angustia. (Agarrada a ella.) Pero... ¿cuándo llegó? Dime... Tú estabas descuidada...

María — Sí, descuidada...

Yerma Estarías cantando, ¿verdad? Yo canto. ¿Tú?..., dime.

María No me preguntes. ¿No has tenido nunca un pájaro vivo apretado en la mano?

Yerma Sí.

María Pues lo mismo... pero por dentro de la sangre.

Yerma ¡Qué hermosura!

(La mira extraviada.)

María Estoy aturdida. No sé nada.

Yerma ¿De qué?

María De lo que tengo que hacer. Le preguntaré a mi madre.

Yerma ¿Para qué? Ya está vieja y habrá olvidado estas cosas. No andes mucho y cuando respires respira tan suave como si tuvieras una rosa entre los dientes.

María Oye, dicen que más adelante te empuja suavemente con las piernecitas.

Yerma Y entonces es cuando se le quiere más, cuando se dice ya ¡mi hijo!

María En medio de todo tengo vergüenza.

Yerma ¿Qué ha dicho tu marido?

María Nada.

Yerma ¿Te quiere mucho?

María No me lo dice, pero se pone junto a mí y sus ojos tiemblan como dos hojas verdes.

Yerma ¿Sabía él que tú...?

María Sí.

Yerma ¿Y por qué lo sabía?

María No sé. Pero la noche que nos casamos me lo decía constantemente con su boca puesta en mi mejilla, tanto que a mí me parece que mi niño es un palomo de lumbre que él me deslizó por la oreja.

Yerma ¡Dichosa!

María Pero tú estás más enterada de esto que yo.

Yerma ¿De qué me sirve?

María ¡Es verdad! ¿Por qué será eso? De todas las novias de tu tiempo tú eres la única...

Yerma
Es así. Claro que todavía es tiempo. Helena tardó tres años, y otras antiguas, del tiempo de mi madre, mucho más, pero dos años y veinte días, como yo, es demasiada espera. Pienso que no es justo que yo me consuma aquí. Muchas veces salgo descalza al patio para pisar la tierra, no sé por qué. Si sigo así, acabaré volviéndome mala.

María
¡Pero ven acá, criatura! Hablas como si fueras una vieja. ¡Qué digo! Nadie puede quejarse de estas cosas. Una hermana de mi madre lo tuvo a los catorce años, ¡y si vieras qué hermosura de niño!

Yerma
(Con ansiedad.) ¿Qué hacía?

María
Lloraba como un torito, con la fuerza de mil cigarras cantando a la vez, y nos orinaba y nos tiraba de las trenzas y, cuando tuvo cuatro meses, nos llenaba la cara de arañazos.

Yerma
(Riendo.) Pero esas cosas no duelen.

María
Te diré...

Yerma
¡Bah! Yo he visto a mi hermana dar de mamar a su niño con el pecho lleno de grietas y le producía un gran dolor, pero era un dolor fresco, bueno, necesario para la salud.

María
Dicen que con los hijos se sufre mucho.

Yerma — Mentira. Eso lo dicen las madres débiles, las quejumbrosas. ¿Para qué los tienen? Tener un hijo no es tener un ramo de rosas. Hemos de sufrir para verlos crecer. Yo pienso que se nos va la mitad de nuestra sangre. Pero esto es bueno, sano, hermoso. Cada mujer tiene sangre para cuatro o cinco hijos, y cuando no los tienen se les vuelve veneno, como me va a pasar a mí.

María — No sé lo que tengo.

Yerma — Siempre oí decir que las primerizas tienen susto.

María — (Tímida.) Veremos... Como tú coses tan bien...

Yerma — (Cogiendo el lío.) Trae. Te cortaré los trajecitos. ¿Y esto?

María — Son los pañales.

Yerma — Bien.

(Se sienta.)

María — Entonces... Hasta luego.

(Se acerca y Yerma le coge amorosamente el vientre con las manos.)

Yerma — No corras por las piedras de la calle.

María — Adiós.

(La besa. Sale.)

Yerma — ¡Vuelve pronto! (Yerma queda en la misma actitud que al principio. Coge las tijeras y empieza a cortar. Sale Víctor.) Adiós, Víctor.

Víctor — (Es profundo y lleno de firme gravedad.) ¿Y Juan?

Yerma — En el campo.

Víctor — ¿Qué coses?

Yerma — Corto unos pañales.

Víctor — (Sonriente.) ¡Vamos!

Yerma — (Ríe.) Los voy a rodear de encajes.

Víctor — Si es niña le pondrás tu nombre.

Yerma — (Temblando.) ¿Cómo?...

Víctor — Me alegro por ti.

Yerma — (Casi ahogada.) No..., no son para mí. Son para el hijo de María.

Víctor — Bueno, pues a ver si con el ejemplo te animas. En esta casa hace falta un niño.

Yerma — (Con angustia.) Hace falta.

Víctor — Pues adelante. Dile a tu marido que piense menos en el trabajo. Quiere juntar dinero y lo juntará, pero ¿a quién lo va a dejar cuando se muera? Yo me voy con las ovejas. Le dices a Juan que recoja las dos que me compró. Y en cuanto a lo otro..., ¡que ahonde!

(Se va sonriente.)

Yerma — (Con pasión.) Eso; ¡que ahonde!

(Yerma, que en actitud pensativa se levanta y acude al sitio donde ha estado Víctor y respira fuertemente como si aspirara aire de montaña, después va al otro lado de la habitación, como buscando algo, y de allí vuelve a sentarse y coge otra vez la costura. Comienza a coser y queda con los ojos fijos en un punto.)

Telón

Cuadro segundo

Campo. Sale Yerma. Trae una cesta. Sale la Vieja 1.

Yerma — Buenos días.

Vieja — Buenos los tenga la hermosa muchacha. ¿Dónde vas?

Yerma — Vengo de llevar la comida a mi esposo, que trabaja en los olivos.

Vieja — ¿Llevas mucho tiempo de casada?

Yerma — Tres años.

Vieja — ¿Tienes hijos?

Yerma — No.

Vieja — ¡Bah! ¡Ya tendrás!

Yerma — (Con ansia.) ¿Usted lo cree?

Vieja — ¿Por qué no? (Se sienta.) También yo vengo de traer la comida a mi esposo. Es viejo. Todavía trabaja. Tengo nueve hijos como nueve soles, pero, como ninguno es hembra, aquí me tienes a mí de un lado para otro.

Yerma — Usted vive al otro lado del río.

Vieja — Sí. En los molinos. ¿De qué familia eres tú?

Yerma — Yo soy hija de Enrique el pastor.

Vieja — ¡Ah! Enrique el pastor. Lo conocí. Buena gente. Levantarse, sudar, comer unos panes y morirse. Ni más juego, ni más nada. Las ferias para otros. Criaturas de silencio. Pude haberme casado con un tío tuyo. Pero ¡ca! Yo he sido una mujer de faldas en el aire, he ido flechada a la tajada de melón, a la fiesta, a la torta de azúcar. Muchas veces me he asomado de madrugada a la puerta creyendo oír música de bandurria que iba, que venía, pero era el aire. (Ríe.) Te vas a reír de mí. He tenido dos maridos, catorce hijos, seis murieron, y sin embargo no estoy triste y quisiera vivir mucho más. Es lo que digo yo: las higueras, ¡cuánto duran!; las casas, ¡cuánto duran!; y solo nosotras, las endemoniadas mujeres, nos hacemos polvo por cualquier cosa.

Yerma — Yo quisiera hacerle una pregunta.

Vieja — ¿A ver? (La mira.) Ya sé lo que me vas a decir. De estas cosas no se puede decir palabra. (Se levanta.)

Yerma — (Deteniéndola.) ¿Por qué no? Me ha dado confianza el oírla hablar. Hace tiempo estoy deseando tener conversación con mujer vieja. Porque yo quiero enterarme. Sí. Usted me dirá...

Vieja — ¿Qué?

Yerma — (Bajando la voz.) Lo que usted sabe. ¿Por qué estoy yo seca? ¿Me he de quedar en plena vida para cuidar aves o poner cortinitas planchadas en mi ventanillo? No. Usted me ha de decir lo que tengo que hacer, que yo haré lo que sea; aunque me mande clavarme agujas en el sitio más débil de mis ojos.

Vieja ¿Yo? Yo no sé nada. Yo me he puesto boca arriba y he comenzado a cantar. Los hijos llegan como el agua. ¡Ay! ¿Quién puede decir que este cuerpo que tienes no es hermoso? Pisas, y al fondo de la calle relincha el caballo. ¡Ay! Déjame, muchacha, no me hagas hablar. Pienso muchas ideas que no quiero decir.

Yerma ¿Por qué? Con mi marido no hablo de otra cosa.

Vieja Oye. ¿A ti te gusta tu marido?

Yerma ¿Cómo?

Vieja ¿Qué si lo quieres? ¿Si deseas estar con él?...

Yerma No sé.

Vieja ¿No tiemblas cuando se acerca a ti? ¿No te da así como un sueño cuando acerca sus labios? Dime.

Yerma No. No lo he sentido nunca.

Vieja ¿Nunca? ¿Ni cuando has bailado?

Yerma (Recordando.) Quizá... Una vez... Víctor...

Vieja Sigue.

Yerma Me cogió de la cintura y no pude decirle nada porque no podía hablar. Otra vez, el mismo Víctor, teniendo yo catorce años (él era un zagalón), me cogió en sus brazos para saltar una acequia y me entró un temblor que me sonaron los dientes. Pero es que yo he sido vergonzosa.

Vieja ¿Y con tu marido?...

Yerma Mi marido es otra cosa. Me lo dio mi padre y yo lo acepté. Con alegría. Ésta es la pura verdad. Pues el primer día que me puse novia con él ya pensé... en los hijos... Y me miraba en sus ojos. Sí, pero era para verme muy chica, muy manejable, como si yo misma fuera hija mía.

Vieja Todo lo contrario que yo. Quizá por eso no hayas parido a tiempo. Los hombres tienen que gustar, muchacha. Han de deshacernos las trenzas y darnos de beber agua en su misma boca. Así corre el mundo.

Yerma El tuyo, que el mío, no. Yo pienso muchas cosas, muchas, y estoy segura que las cosas que pienso las ha de realizar mi hijo. Yo me entregué a mi marido por él, y me sigo entregando para ver si llega, pero nunca por divertirme.

Vieja ¡Y resulta que estás vacía!

Yerma No, vacía no, porque me estoy llenando de odio. Dime, ¿tengo yo la culpa? ¿Es preciso buscar en el hombre el hombre nada más? Entonces, ¿qué vas a pensar cuando te deja en la cama con los ojos tristes mirando al techo y da media vuelta y se duerme? ¿He de quedarme pensando en él o en lo que puede salir relumbrando de mi pecho? Yo no sé, pero dímelo tú, por caridad.

(Se arrodilla.)

Vieja ¡Ay qué flor abierta! ¡Qué criatura tan hermosa eres! Déjame. No me hagas hablar más. No quiero hablarte más. Son asuntos de honra y yo no quemo la honra de nadie. Tú sabrás. De todos modos, debías ser menos inocente.

Yerma (Triste.) Las muchachas que se crían en el campo, como yo, tienen cerradas todas las puertas. Todo se vuelven medias palabras, gestos, porque todas estas cosas dicen que no se pueden saber. Y tú también, tú también te callas y te vas con aire de doctora, sabiéndolo todo, pero negándolo a la que se muere de sed.

Vieja — A otra mujer serena yo le hablaría. A ti, no. Soy vieja y sé lo que digo.

Yerma — Entonces, que Dios me ampare.

Vieja — Dios, no. A mí no me ha gustado nunca Dios. ¿Cuándo os vais a dar cuenta de que no existe? Son los hombres los que te tienen que amparar.

Yerma — Pero ¿por qué me dices eso?, ¿por qué?

Vieja — (Yéndose.) Aunque debía haber Dios, aunque fuera pequeñito, para que mandara rayos contra los hombres de simiente podrida que encharcan la alegría de los campos.

Yerma — No sé lo que me quieres decir.

Vieja — (Sigue.) Bueno, yo me entiendo. No pases tristeza. Espera en firme. Eres muy joven todavía. ¿Qué quieres que haga yo?

(Se va.)

(Aparecen dos Muchachas.)

Muchacha 1 — Por todas partes nos vamos encontrando gente.

Yerma	Con las faenas, los hombres están en los olivos, hay que traerles de comer. No quedan en las casas más que los ancianos.
Muchacha 2	¿Tú regresas al pueblo?
Yerma	Hacia allá voy.
Muchacha 1	Yo llevo mucha prisa. Me dejé al niño dormido y no hay nadie en casa.
Yerma	Pues aligera, mujer. Los niños no se pueden dejar solos. ¿Hay cerdos en tu casa?
Muchacha 1	No. Pero tienes razón. Voy deprisa.
Yerma	Anda. Así pasan las cosas. Seguramente lo has dejado encerrado.
Muchacha 1	Es natural.
Yerma	Sí, pero es que no os dais cuenta lo que es un niño pequeño. La causa que nos parece más inofensiva puede acabar con él. Una agujita, un sorbo de agua.
Muchacha 1	Tienes razón. Voy corriendo. Es que no me doy bien cuenta de las cosas.
Yerma	Anda.

Muchacha 2

Si tuvieras cuatro o cinco, no hablarías así.

Yerma

¿Por qué? Aunque tuviera cuarenta.

Muchacha 2

De todos modos, tú y yo, con no tenerlos, vivimos más tranquilas.

Yerma

Yo, no.

Muchacha 2

Yo, sí. ¡Qué afán! En cambio mi madre no hace más que darme yerbajos para que los tenga y en octubre iremos al Santo que dicen que los da a la que lo pide con ansia. Mi madre pedirá. Yo, no.

Yerma

¿Por qué te has casado?

Muchacha 2

Porque me han casado. Se casan todas. Si seguimos así, no va a haber solteras más que las niñas. Bueno, y además..., una se casa en realidad mucho antes de ir a la iglesia. Pero las viejas se empeñan en todas estas cosas. Yo tengo diecinueve años y no me gusta guisar, ni lavar. Bueno, pues todo el día he de estar haciendo lo que no me gusta. ¿Y para qué? ¿Qué necesidad tiene mi marido de ser mi marido? Porque lo mismo hacíamos de novios que ahora. Tonterías de los viejos.

Yerma

Calla, no digas esas cosas.

Muchacha 2 También tú me dirás loca. «¡La loca, la loca!» (Ríe.) Yo te puedo decir lo único que he aprendido en la vida: toda la gente está metida dentro de sus casas haciendo lo que no les gusta. Cuánto mejor se está en medio de la calle. Ya voy al arroyo, ya subo a tocar las campanas, ya me tomo un refresco de anís.

Yerma Eres una niña.

Muchacha 2 Claro pero no estoy loca. (Ríe.)

Yerma ¿Tu madre vive en la parte más alta del pueblo?

Muchacha 2 Sí.

Yerma ¿En la última casa?

Muchacha 2 Sí.

Yerma ¿Cómo se llama?

Muchacha 2 Dolores. ¿Por qué preguntas?

Yerma Por nada.

Muchacha 2 Por algo preguntarás.

Yerma No sé..., es un decir...

Muchacha 2 Allá tú... Mira, me voy a dar la comida a mi marido. (Ríe.) Es lo que hay que ver. ¡Qué lástima no poder decir mi novio! ¿Verdad? (Se va riendo alegremente.) ¡Adiós!

Voz de Víctor (Cantando.)
¿Por qué duermes solo, pastor?
¿Por qué duermes solo, pastor?
En mi colcha de lana
dormirías mejor.
¿Por qué duermes solo, pastor?

Yerma (Escuchando.)

¿Por qué duermes solo, pastor?
En mi colcha de lana
dormirías mejor.
Tu colcha de oscura piedra,
pastor,
y tu camisa de escarcha,
pastor,
juncos grises del invierno
en la noche de tu cama.
Los robles ponen agujas,
pastor,
debajo de tu almohada,
pastor,
y si oyes voz de mujer
es la rota voz del agua.
Pastor, pastor.
¿Qué quiere el monte de ti,
pastor?

Monte de hierbas amargas,
¿qué niño te está matando?
¡La espina de la retama!

(Va a salir y se tropieza con Víctor, que entra.)

Víctor — (Alegre.) ¿Dónde va lo hermoso?

Yerma — ¿Cantabas tú?

Víctor — Yo.

Yerma — ¡Qué bien! Nunca te había sentido.

Víctor — ¿No?

Yerma — Y qué voz tan pujante. Parece un chorro de agua que te llena toda la boca.

Víctor — Soy alegre.

Yerma — Es verdad.

Víctor — Como tú triste.

Yerma — No soy triste. Es que tengo motivos para estarlo.

Víctor — Y tu marido más triste que tú.

Yerma — Él sí. Tiene un carácter seco.

Víctor — Siempre fue igual. (Pausa. Yerma está sentada.) ¿Viniste a traer la comida?

Yerma — Sí. (Lo mira. Pausa.) ¿Qué tienes aquí? (Señala la cara.)

Víctor — ¿Dónde?

Yerma — (Se levanta y se acerca a Víctor.) Aquí... en la mejilla. Como una quemadura.

Víctor — No es nada.

Yerma — Me había parecido.

(Pausa.)

Víctor — Debe ser el Sol...

Yerma — Quizá... (Pausa. El silencio se acentúa y sin el menor gesto comienza una lucha entre los dos personajes.) (Temblando.) ¿Oyes?

Víctor — ¿Qué?

Yerma — ¿No sientes llorar?

Víctor — (Escuchando.) No.

Yerma — Me había parecido que lloraba un niño.

Víctor — ¿Sí?

Yerma Muy cerca. Y lloraba como ahogado.

Víctor Por aquí hay siempre muchos niños que vienen a robar fruta.

Yerma No. Es la voz de un niño pequeño.

(Pausa.)

Víctor No oigo nada.

Yerma Serán ilusiones mías.

(Lo mira fijamente, y Víctor la mira también y desvía la mirada lentamente, como con miedo.)

(Sale Juan.)

Juan ¿Qué haces todavía aquí?

Yerma Hablaba.

Víctor Salud.

(Sale.)

Juan Debías estar en casa.

Yerma Me entretuve.

Juan No comprendo en qué te has entretenido.

Yerma Oí cantar los pájaros.

Juan Está bien. Así darás que hablar a las gentes.

Yerma (Fuerte.) Juan, ¿qué piensas?

Juan No lo digo por ti, lo digo por las gentes.

Yerma ¡Puñalada que le den a las gentes!

Juan No maldigas. Está feo en una mujer.

Yerma Ojalá fuera yo una mujer.

Juan Vamos a dejarnos de conversación. Vete a la casa.

(Pausa.)

Yerma Está bien. ¿Te espero?

Juan No. Estaré toda la noche regando. Viene poca agua, es mía hasta la salida del Sol y tengo que defenderla de los ladrones. Te acuestas y te duermes.

Yerma (Dramática.) ¡Me dormiré!

(Sale.)

Telón

Acto segundo

Cuadro primero

Torrente donde lavan las mujeres del pueblo. Las Lavanderas están situadas en varios planos. Cantan:

En el arroyo frío
lavo tu cinta.
Como un jazmín caliente
tienes la risa.

Lavandera 1 — A mí no me gusta hablar.

Lavandera 3 — Pero aquí se habla.

Lavandera 4 — Y no hay mal en ello.

Lavandera 5 — La que quiera honra que la gane.

Lavandera 4 — Yo planté un tomillo,
yo lo vi crecer.
El que quiera honra,
que se porte bien.

(Ríen.)

Lavandera 5 — Así se habla.

Lavandera 1 — Pero es que nunca se sabe nada.

Lavandera 4	Lo cierto es que el marido se ha llevado a vivir con ellos a sus dos hermanas.
Lavandera 5	¿Las solteras?
Lavandera 4	Sí. Estaban encargadas de cuidar la iglesia y ahora cuidarán de su cuñada. Yo no podría vivir con ellas.
Lavandera 1	¿Por qué?
Lavandera 4	Porque dan miedo. Son como esas hojas grandes que nacen de pronto sobre los sepulcros. Están untadas con cera. Son metidas hacia adentro. Se me figura que guisan su comida con el aceite de las lámparas.
Lavandera 3	¿Y están ya en la casa?
Lavandera 4	Desde ayer. El marido sale otra vez a sus tierras.
Lavandera 1	¿Pero se puede saber lo que ha ocurrido?
Lavandera 5	Anteanoche, ella la pasó sentada en el tranco, a pesar del frío.
Lavandera 1	Pero, ¿por qué?
Lavandera 4	Le cuesta trabajo estar en su casa.

Lavandera 5 — Estas machorras son así: cuando podían estar haciendo encajes o confituras de manzanas, les gusta subirse al tejado y andar descalzas por esos ríos.

Lavandera 1 — ¿Quién eres tú para decir estas cosas? Ella no tiene hijos, pero no es por culpa suya.

Lavandera 4 — Tiene hijos la que quiere tenerlos. Es que las regalonas, las flojas, las endulzadas, no son a propósito para llevar el vientre arrugado.

(Ríen.)

Lavandera 3 — Y se echan polvos de blancura y colorete y se prenden ramos de adelfa en busca de otro que no es su marido.

Lavandera 5 — ¡No hay otra verdad!

Lavandera 1 — Pero ¿vosotras la habéis visto con otro?

Lavandera 4 — Nosotras no, pero las gentes sí.

Lavandera 1 — ¡Siempre las gentes!

Lavandera 5 — Dicen que en dos ocasiones.

Lavandera 2 — ¿Y qué hacían?

Lavandera 4 — Hablaban.

Lavandera 1 — Hablar no es pecado.

Lavandera 4 — Hay una cosa en el mundo que es la mirada. Mi madre lo decía. No es lo mismo una mujer mirando a unas rosas que una mujer mirando a los muslos de un hombre. Ella lo mira.

Lavandera 1 — ¿Pero a quién?

Lavandera 4 — A uno. ¿Lo oyes? Entérate tú. ¿Quieres que lo diga más alto? (Risas.) Y cuando no lo mira, porque está sola, porque no lo tiene delante, lo lleva retratado en los ojos.

Lavandera 1 — ¡Eso es mentira!

Lavandera 5 — ¿Y el marido?

Lavandera 3 — El marido está como sordo. Parado como un lagarto puesto al Sol.

(Ríen.)

Lavandera 1 — Todo esto se arreglaría si tuvieran criaturas.

Lavandera 2 — Todo esto son cuestiones de gente que no tiene conformidad con su sino.

Lavandera 4 — Cada hora que transcurre aumenta el infierno en aquella casa. Ella y las cuñadas, sin despegar los labios, blanquean todo el día las paredes, friegan los cobres, limpian con vaho los cristales, dan aceite a la solería. Pues, cuando más relumbra la vivienda, más arde por dentro.

Lavandera 1 Él tiene la culpa, él. Cuando un padre no da hijos debe cuidar de su mujer.

Lavandera 4 La culpa es de ella, que tiene por lengua un pedernal.

Lavandera 1 ¿Qué demonio se te ha metido entre los cabellos para que hables así?

Lavandera 4 ¿Y quién ha dado licencia a tu boca para que me des consejos?

Lavandera 5 ¡Callar!

(Risas.)

Lavandera 1 Con una aguja de hacer calceta ensartaría yo las lenguas murmuradoras.

Lavandera 5 ¡Calla!

Lavandera 4 Y yo la tapa del pecho de las fingidas.

Lavandera 5 Silencio. ¿No ves que por ahí vienen las cuñadas?

(Murmullos. Entran las dos cuñadas de Yerma. Van vestidas de luto. Se ponen a lavar en medio de un silencio. Se oyen esquilas.)

Lavandera 1	¿Se van ya los zagales?
Lavandera 3	Sí, ahora salen todos los rebaños.
Lavandera 4	(Aspirando.) Me gusta el olor de las ovejas.
Lavandera 3	¿Sí?
Lavandera 4	¿Y por qué no? Olor de lo que una tiene. Cómo me gusta el olor del fango rojo que trae el río por el invierno.
Lavandera 3	Caprichos.
Lavandera 5	(Mirando.) Van juntos todos los rebaños.
Lavandera 4	Es una inundación de lana. Arramblan con todo. Si los trigos verdes tuvieran cabeza, temblarían de verlos venir.
Lavandera 3	¡Mira cómo corren! ¡Qué manada de enemigos!
Lavandera 1	Ya salieron todos, no falta uno.
Lavandera 4	A ver... No... sí, sí falta uno.
Lavandera 5	¿Cuál?...
Lavandera 4	El de Víctor.

(Las dos cuñadas se yerguen y miran.)

(Cantando entre dientes.)

En el arroyo frío
lavo tu cinta.
Como un jazmín caliente
tienes la risa.
Quiero vivir
en la nevada chica
de ese jazmín.

Lavandera 1 ¡Ay de la casada seca!
¡Ay de la que tiene los pechos de arena!

Lavandera 5 Dime si tu marido
guarda semillas
para que el agua cante
por tu camisa.

Lavandera 4 Es tu camisa
nave de plata y viento
por las orillas.

Lavandera 3 Las ropas de mi niño
vengo a lavar,
para que tome al agua
lecciones de cristal.

Lavandera 2 Por el monte ya llega
mi marido a comer.
Él me trae una rosa

y yo le doy tres.

Lavandera 5 — Por el llano ya vino
mi marido a cenar.
Las brasas que me entrega
cubro con arrayán.

Lavandera 4 — Por el aire ya viene
mi marido a dormir.
Yo alhelíes rojos
y él rojo alhelí.

Lavandera 3 — Hay que juntar flor con flor
cuando el verano seca la sangre al segador.

Lavandera 4 — Y abrir el vientre a pájaros sin sueño
cuando a la puerta llama tembloroso el invierno.

Lavandera 1 — Hay que gemir en la sábana.

Lavandera 4 — ¡Y hay que cantar!

Lavandera 5 — Cuando el hombre nos trae
la corona y el pan.

Lavandera 4 — Porque los brazos se enlazan.

Lavandera 5 — Porque la luz se nos quiebra en la garganta.

Lavandera 4 — Porque se endulza el tallo de las ramas.

Lavandera 5	Y las tiendas del viento cubran a las montañas.
Lavandera 6	(Apareciendo en lo alto del torrente.) Para que un niño funda yertos vidrios del alba.
Lavandera 4	Y nuestro cuerpo tiene ramas furiosas de coral.
Lavandera 5	Para que haya remeros en las aguas del mar.
Lavandera 1	Un niño pequeño, un niño.
Lavandera 2	Y las palomas abren las alas y el pico.
Lavandera 3	Un niño que gime, un hijo.
Lavandera 4	Y los hombres avanzan como ciervos heridos.
Lavandera 5	¡Alegría, alegría, alegría del vientre redondo bajo la camisa!
Lavandera 2	¡Alegría, alegría, alegría, ombligo, cáliz tierno de maravilla!
Lavandera 1	¡Pero ay de la casada seca! ¡Ay de la que tiene los pechos de arena!
Lavandera 4	¡Que relumbre!

Lavandera 5 ¡Que corra!

Lavandera 4 ¡Que vuelva a relumbrar!

Lavandera 3 ¡Que cante!

Lavandera 2 ¡Que se esconda!

Lavandera 3 Y que vuelva a cantar.

Lavandera 6 La aurora que mi niño
lleva en el delantal.

Lavandera 4 (Cantan todas a coro.)
En el arroyo frío
lavo tu cinta.
Como un jazmín caliente
tienes la risa.
¡Ja, ja, ja!

(Mueven los paños con ritmo y los golpean.)

Telón

Cuadro segundo

Casa de Yerma. Atardecer. Juan está sentado. Las dos hermanas, de pie.

Juan ¿Dices que salió hace poco? (La hermana mayor contesta con la cabeza.) Debe estar en la fuente. Pero ya sabéis que no me gusta que salga sola. (Pausa.) Puedes poner la mesa. (Sale la hermana menor.) Bien ganado tengo el pan que como. (A su hermana.) Ayer pasé un día duro. Estuve podando los manzanos y a la caída de la tarde me puse a pensar para qué pondría yo tanta ilusión en la faena si no puedo llevarme una manzana a la boca. Estoy harto. (Se pasa las manos por la cara. Pausa.) Ésa no viene... Una de vosotras debía salir con ella, porque para eso estáis aquí comiendo en mi mantel y bebiendo mi vino. Mi vida está en el campo, pero mi honra está aquí. Y mi honra es también la vuestra. (La hermana inclina la cabeza.) No lo tomes a mal. (Entra Yerma con dos cántaros. Queda parada en la puerta.) ¿Vienes de la fuente?

Yerma Para tener agua fresca en la comida. (Sale la otra hermana.) ¿Cómo están las tierras?

Juan Ayer estuve podando los árboles.

(Yerma deja los cántaros. Pausa.)

Yerma ¿Te quedarás?

Juan He de cuidar el ganado. Tú sabes que esto es cosa del dueño.

Yerma Lo sé muy bien. No lo repitas.

Juan Cada hombre tiene su vida.

Yerma Y cada mujer la suya. No te pido yo que te quedes. Aquí tengo todo lo que necesito. Tus hermanas me guardan bien. Pan tierno y requesón y cordero asado como yo aquí, y pasto lleno de rocío tus ganados en el monte. Creo que puedes vivir en paz.

Juan Para vivir en paz se necesita estar tranquilo.

Yerma ¿Y tú no estás?

Juan No estoy.

Yerma Desvía la intención.

Juan ¿Es que no conoces mi modo de ser? Las ovejas en el redil y las mujeres en su casa. Tú sales demasiado. ¿No me has oído decir esto siempre?

Yerma Justo. Las mujeres dentro de sus casas. Cuando las casas no son tumbas. Cuando las sillas se rompen y las sábanas de hilo se gastan con el uso. Pero aquí, no. Cada noche, cuando me acuesto, encuentro mi cama más nueva, más reluciente, como si estuviera recién traída de la ciudad.

Juan

Tú misma reconoces que llevo razón al quejarme. ¡Que tengo motivos para estar alerta!

Yerma

Alerta ¿de qué? En nada te ofendo. Vivo sumisa a ti, y lo que sufro lo guardo pegado a mis carnes. Y cada día que pase será peor. Vamos a callarnos. Yo sabré llevar mi cruz como mejor pueda, pero no me preguntes nada. Si pudiera de pronto volverme vieja y tuviera la boca como una flor machacada, te podría sonreír y conllevar la vida contigo. Ahora, ahora, déjame con mis clavos.

Juan

Hablas de una manera que yo no te entiendo. No te privo de nada. Mando a los pueblos vecinos por las cosas que te gustan. Yo tengo mis defectos, pero quiero tener paz y sosiego contigo. Quiero dormir fuera y pensar que tú duermes también.

Yerma

Pero yo no duermo, yo no puedo dormir.

Juan

¿Es que te falta algo? Dime. (Pausa.) ¡Contesta!

Yerma

(Con intención y mirando fijamente al Marido.) Sí, me falta.

Juan

Siempre lo mismo. Hace ya más de cinco años. Yo casi lo estoy olvidando.

Yerma	Pero yo no soy tú. Los hombres tienen otra vida: los ganados, los árboles, las conversaciones; y las mujeres no tenemos más que esta de la cría y el cuido de la cría.
Juan	Todo el mundo no es igual. ¿Por qué no te traes un hijo de tu hermano? Yo no me opongo.
Yerma	No quiero cuidar hijos de otras. Me figuro que se me van a helar los brazos de tenerlos.
Juan	Con este achaque vives alocada, sin pensar en lo que debías, y te empeñas en meter la cabeza por una roca.
Yerma	Roca que es una infamia que sea roca, porque debía ser un canasto de flores y agua dulce.
Juan	Estando a tu lado no se siente más que inquietud, desasosiego. En último caso debes resignarte.
Yerma	Yo he venido a estas cuatro paredes para no resignarme. Cuando tenga la cabeza atada con un pañuelo para que no se me abra la boca, y las manos bien amarradas dentro del ataúd, en esa hora me habré resignado.
Juan	Entonces, ¿qué quieres hacer?

Yerma | Quiero beber agua y no hay vaso ni agua; quiero subir al monte y no tengo pies; quiero bordar mis enaguas y no encuentro los hilos.

Juan | Lo que pasa es que no eres una mujer verdadera y buscas la ruina de un hombre sin voluntad.

Yerma | Yo no sé quién soy. Déjame andar y desahogarme. En nada te he faltado.

Juan | No me gusta que la gente me señale. Por eso quiero ver cerrada esa puerta y cada persona en su casa.

(Sale la Hermana 1 lentamente y se acerca a una alacena.)

Yerma | Hablar con la gente no es pecado.

Juan | Pero puede parecerlo. (Sale la otra Hermana y se dirige a los cántaros, en los cuales llena una jarra.) (Bajando la voz.) Yo no tengo fuerzas para estas cosas. Cuando te den conversación, cierra la boca y piensa que eres una mujer casada.

Yerma | (Con asombro.) ¡Casada!

Juan | Y que las familias tienen honra y la honra es una carga que se lleva entre todos. (Sale la Hermana con la jarra, lentamente.) Pero que está oscura y débil en los mismos caños de la sangre. (Sale la otra Hermana con una fuente, de modo casi procesional. Pausa.) Perdóname. (Yerma mira a su Marido; éste levanta la cabeza y se tropieza con la mirada.) Aunque me miras de un modo que no debía decirte perdóname, sino obligarte, encerrarte, porque para eso soy el marido.

(Aparecen las dos hermanas en la puerta.)

Yerma — Te ruego que no hables. Deja quieta la cuestión.

(Pausa.)

Juan — Vamos a comer. (Entran las Hermanas. Pausa.) ¿Me has oído?

Yerma — (Dulce.) Come tú con tus hermanas. Yo no tengo hambre todavía.

Juan — Lo que quieras.

(Entra.)

Yerma — (Como soñando.)
¡Ay qué prado de pena!
¡Ay qué puerta cerrada a la hermosura,
que pido un hijo que sufrir y el aire
me ofrece dalias de dormida Luna!
Estos dos manantiales que yo tengo
de leche tibia, son en la espesura

de mi carne, dos pulsos de caballo,
que hacen latir la rama de mi angustia.
¡Ay pechos ciegos bajo mi vestido!
¡Ay palomas sin ojos ni blancura!
¡Ay qué dolor de sangre prisionera
me está clavando avispas en la nuca!
Pero tú has de venir, ¡amor!, mi niño,
porque el agua da sal, la tierra fruta,
y nuestro vientre guarda tiernos hijos
como la nube lleva dulce lluvia.

(Mira hacia la puerta.)

¡María! ¿Por qué pasas tan deprisa por mi puerta?

María — (Entra con un niño en brazos.) Cuando voy con el niño, lo hago... ¡Como siempre lloras!...

Yerma — Tienes razón.

(Coge al niño y se sienta.)

María — Me da tristeza que tengas envidia.

(Se sienta.)

Yerma — No es envidia lo que tengo; es pobreza.

María — No te quejes.

Yerma ¡Cómo no me voy a quejar cuando te veo a ti y a las otras mujeres llenas por dentro de flores, y viéndome yo inútil en medio de tanta hermosura!

María Pero tienes otras cosas. Si me oyeras, podrías ser feliz.

Yerma La mujer del campo que no da hijos es inútil como un manojo de espinos ¡y hasta mala!, a pesar de que yo sea de este desecho dejado de la mano de Dios. (María hace un gesto como para tomar al niño.) Tómalo; contigo está más a gusto. Yo no debo tener manos de madre.

María ¿Por qué me dices eso?

Yerma (Se levanta.) Porque estoy harta, porque estoy harta de tenerlas y no poderlas usar en cosa propia. Que estoy ofendida, ofendida y rebajada hasta lo último, viendo que los trigos apuntan, que las fuentes no cesan de dar agua, y que paren las ovejas cientos de corderos, y las perras, y que parece que todo el campo puesto de pie me enseña sus crías tiernas, adormiladas, mientras yo siento dos golpes de martillo aquí, en lugar de la boca de mi niño.

María No me gusta lo que dices.

Yerma — Las mujeres, cuando tenéis hijos, no podéis pensar en las que no los tenemos. Os quedáis frescas, ignorantes, como el que nada en agua dulce no tiene idea de la sed.

María — No te quiero decir lo que te digo siempre.

Yerma — Cada vez tengo más deseos y menos esperanzas.

María — Mala cosa.

Yerma — Acabaré creyendo que yo misma soy mi hijo. Muchas noches bajo yo a echar la comida a los bueyes, que antes no lo hacía, porque ninguna mujer lo hace, y cuando paso por lo oscuro del cobertizo mis pasos me suenan a pasos de hombre.

María — Cada criatura tiene su razón.

Yerma — A pesar de todo, sigue queriéndome. ¡Ya ves cómo vivo!

María — ¿Y tus cuñadas?

Yerma — Muerta me vea y sin mortaja, si alguna vez les dirijo la conversación.

María — ¿Y tu marido?

Yerma — Son tres contra mí.

María ¿Qué piensan?

Yerma Figuraciones. De gente que no tiene la conciencia tranquila. Creen que me puede gustar otro hombre y no saben que, aunque me gustara, lo primero de mi casta es la honradez. Son piedras delante de mí. Pero ellos no saben que yo, si quiero, puedo ser agua de arroyo que las lleve.

(Una hermana entra y sale llevando un pan.)

María De todas maneras, creo que tu marido te sigue queriendo.

Yerma Mi marido me da pan y casa.

María ¡Qué trabajos estás pasando, qué trabajos, pero acuérdate de las llagas de Nuestro señor!

(Están en la puerta.)

Yerma (Mirando al niño.) Ya ha despertado.

María Dentro de poco empezará a cantar.

Yerma Los mismos ojos que tú, ¿lo sabías? ¿Los has visto? (Llorando.) ¡Tiene los mismos ojos que tú!

(Yerma empuja suavemente a María y ésta sale silenciosa. Yerma se dirige a la puerta por donde entró su marido.)

Muchacha 2 ¡Chisss!

Yerma (Volviéndose.) ¿Qué?

Muchacha 2 Esperé a que saliera. Mi madre te está aguardando.

Yerma ¿Está sola?

Muchacha 2 Con dos vecinas.

Yerma Dile que esperen un poco.

Muchacha 2 ¿Pero vas a ir? ¿No te da miedo?

Yerma Voy a ir.

Muchacha 2 ¡Allá tú!

Yerma ¡Que me esperen aunque sea tarde!

(Entra Víctor.)

Víctor ¿Está Juan?

Yerma Sí.

Muchacha 2 (Cómplice.) Entonces, yo traeré la blusa.

Yerma — Cuando quieras. (Sale la Muchacha.) Siéntate.

Víctor — Estoy bien así.

Yerma — (Llamando al marido.) ¡Juan!

Víctor — Vengo a despedirme.

Yerma — (Se estremece ligeramente, pero vuelve a su serenidad.) ¿Te vas con tus hermanos?

Víctor — Así lo quiere mi padre.

Yerma — Ya debe estar viejo.

Víctor — Sí, muy viejo.

(Pausa.)

Yerma — Haces bien en cambiar de campos.

Víctor — Todos los campos son iguales.

Yerma — No. Yo me iría muy lejos.

Víctor — Es todo lo mismo. Las mismas ovejas tienen la misma lana.

Yerma — Para los hombres, sí, pero las mujeres somos otra cosa. Nunca oí decir a un hombre comiendo: «¡Qué buena son estas manzanas!».

Vais a lo vuestro sin reparar en la delicadezas. De mí sé decir que he aborrecido el agua de estos pozos.

Víctor — Puede ser.

(La escena está en una suave penumbra. Pausa.)

Yerma — Víctor.

Víctor — Dime.

Yerma — ¿Por qué te vas? Aquí las gentes te quieren.

Víctor — Yo me porté bien.

(Pausa.)

Yerma — Te portaste bien. Siendo zagalón me llevaste una vez en brazos; ¿no recuerdas? Nunca se sabe lo que va a pasar.

Víctor — Todo cambia.

Yerma — Algunas cosas no cambian. Hay cosas encerradas detrás de los muros que no pueden cambiar porque nadie las oye.

Víctor — Así es.

(Aparece la Hermana 2 y se dirige lentamente hacia la puerta, donde se queda fija, iluminada por la última luz de la tarde.)

Yerma	Pero que si salieran de pronto y gritaran, llenarían el mundo.
Víctor	No se adelantaría nada. La acequia por su sitio, el rebaño en el redil, la Luna en el cielo y el hombre con su arado.
Yerma	¡Qué pena más grande no poder sentir las enseñanzas de los viejos!

(Se oye el sonido largo y melancólico de las caracolas de los pastores.)

Víctor	Los rebaños.
Juan	(Sale.) ¿Vas ya de camino?
Víctor	Quiero pasar el puerto antes del amanecer.
Juan	¿Llevas alguna queja de mí?
Víctor	No. Fuiste buen pagador.
Juan	(A Yerma.) Le compré los rebaños.
Yerma	¿Sí?
Víctor	(A Yerma.) Tuyos son.
Yerma	No lo sabía.

Juan (Satisfecho.) Así es.

Víctor Tu marido ha de ver su hacienda colmada.

Yerma El fruto viene a las manos del trabajador que lo busca.

(La Hermana que está en la puerta entra dentro.)

Juan Ya no tenemos sitio donde meter tantas ovejas.

Yerma (Sombría.) La tierra es grande.

(Pausa.)

Juan Iremos juntos hasta el arroyo.

Víctor Deseo la mayor felicidad para esta casa.

(Le da la mano a Yerma.)

Yerma ¡Dios te oiga! ¡Salud!

(Víctor le da salida y, a un movimiento imperceptible de Yerma, se vuelve.)

Víctor ¿Decías algo?

Yerma (Dramática.) Salud dije.

Víctor Gracias.

(Salen. Yerma queda angustiada mirándose la mano que ha dado a Víctor Yerma se dirige rápidamente hacia la izquierda y toma un mantón.)

Muchacha 2 (En silencio, tapándole la cabeza.) Vamos.

Yerma Vamos.

(Salen sigilosamente. La escena está casi a oscuras. Sale la hermana con un velón que no debe dar al teatro luz ninguna, sino la natural que lleva. Se dirige al fin de la escena buscando a Yerma. Suenan los caracoles de los rebaños.)

Cuñada 1 (En voz baja.) ¡Yerma!

(Sale la Hermana 2, se miran las dos y se dirige a la puerta.)

Cuñada 2 (Más alto.) ¡Yerma!

(Sale.)

Cuñada 1 (Dirigiéndose a la puerta también y con una carrasposa voz.) ¡Yerma!

(Sale. Se oyen los cárabos y los cuernos de lo pastores. La escena está oscurísima.)

Telón

Acto tercero

Cuadro primero

Casa de la Dolores, la conjuradora. Está amaneciendo. Entra Yerma con Dolores y dos Viejas.

Dolores	Has estado valiente.
Vieja 1	No hay en el mundo fuerza como la del deseo.
Vieja 2	Pero el cementerio estaba demasiado oscuro.
Dolores	Muchas veces yo he hecho estas oraciones en el cementerio con mujeres que ansiaban críos, y todas han pasado miedo. Todas, menos tú.
Yerma	Yo he venido por el resultado. Creo que no eres mujer engañadora.
Dolores	No soy. Que mi lengua se llene de hormigas, como está la boca de los muertos, si alguna vez he mentido. La última vez hice la oración con una mujer mendicante, que estaba seca más tiempo que tú, y se le endulzó el vientre de manera tan hermosa que tuvo dos criaturas ahí abajo, en el río, porque no le daba tiempo a llegar a las casas, y ella misma las trajo en un pañal para que yo las arreglase.

Yerma ¿Y pudo venir andando desde el río?

Dolores Vino. Con los zapatos y las enaguas empapadas en sangre..., pero con la cara reluciente.

Yerma ¿Y no le pasó nada?

Dolores ¿Qué le iba a pasar? Dios es Dios.

Yerma Naturalmente. No le podía pasar nada, sino agarrar las criaturas y lavarlas con agua viva. Los animales los lamen, ¿verdad? A mí no me da asco de mi hijo. Yo tengo la idea de que las recién paridas están como iluminadas por dentro, y los niños se duermen horas y horas sobre ellas oyendo ese arroyo de leche tibia que les va llenando los pechos para que ellos mamen, para que ellos jueguen, hasta que no quieran más, hasta que retiren la cabeza «... otro poquito más, niño...», y se les llene la cara y el pecho de gotas blancas.

Dolores Ahora tendrás un hijo. Te lo puedo asegurar.

Yerma Lo tendré porque lo tengo que tener. O no entiendo el mundo. A veces, cuando ya estoy segura de que jamás, jamás..., me sube como una oleada de fuego por los pies y se me quedan vacías todas las cosas, y los hombres que andan por la calle y los toros y las piedras me parecen como cosas de algodón. Y me pregunto: ¿para qué estarán ahí puestos?

Vieja 1 — Está bien que una casada quiera hijos, pero si no los tiene, ¿por qué ese ansia de ellos? Lo importante de este mundo es dejarse llevar por los años. No te critico. Ya has visto cómo he ayudado a los rezos. Pero, ¿qué vega esperas dar a tu hijo, ni qué felicidad, ni qué silla de plata?

Yerma — Yo no pienso en el mañana; pienso en el hoy. Tú estás vieja y lo ves ya todo como un libro leído. Yo pienso que tengo sed y no tengo libertad. Yo quiero tener a mi hijo en los brazos para dormir tranquila y, óyelo bien y no te espantes de lo que te digo, aunque yo supiera que mi hijo me iba a martirizar después y me iba a odiar y me iba a llevar de los cabellos por las calles, recibiría con gozo su nacimiento, porque es mucho mejor llorar por un hombre vivo que nos apuñala, que llorar por este fantasma sentado año tras año encima de mi corazón.

Vieja 1 — Eres demasiado joven para oír consejo. Pero, mientras esperas la gracia de Dios, debes ampararte en el amor de tu marido.

Yerma — ¡Ay! Has puesto el dedo en la llaga más honda que tienen mis carnes.

Dolores — Tu marido es bueno.

Yerma (Se levanta.) ¡Es bueno! ¡Es bueno! ¿Y qué? Ojalá fuera malo. Pero no. Él va con sus ovejas por sus caminos y cuenta el dinero por las noches. Cuando me cubre, cumple con su deber, pero yo le noto la cintura fría como si tuviera el cuerpo muerto, y yo, que siempre he tenido asco de las mujeres calientes, quisiera ser en aquel instante como una montaña de fuego.

Dolores ¡Yerma!

Yerma No soy una casada indecente; pero yo sé que los hijos nacen del hombre y de la mujer. ¡Ay, si los pudiera tener yo sola!

Dolores Piensa que tu marido también sufre.

Yerma No sufre. Lo que pasa es que él no ansía hijos.

Vieja 1 ¡No digas eso!

Yerma Se lo conozco en la mirada y, como no los ansía, no me los da. No lo quiero, no lo quiero y, sin embargo, es mi única salvación. Por honra y por casta. Mi única salvación.

Vieja 1 (Con miedo.) Pronto empezará a amanecer. Debes irte a tu casa.

Dolores Antes de nada saldrán los rebaños y no conviene que te vean sola.

Yerma — Necesitaba este desahogo. ¿Cuántas veces repito las oraciones?

Dolores — La oración del laurel, dos veces, y al mediodía, la oración de santa Ana. Cuando te sientas encinta me traes la fanega de trigo que me has prometido.

Vieja 1 — Por encima de los montes ya empieza a clarear. Vete.

Dolores — Como enseguida empezarán a abrir los portones, te vas dando un rodeo por la acequia.

Yerma — (Con desaliento.) ¡No sé por qué he venido!

Dolores — ¿Te arrepientes?

Yerma — ¡No!

Dolores — (Turbada.) Si tienes miedo, te acompañaré hasta la esquina.

Yerma — ¡Quita!

Vieja 1 — (Con inquietud.) Van a ser las claras del día cuando llegues a tu puerta.

(Se oyen voces.)

Dolores — ¡Calla!

(Escuchan.)

Vieja 1 — No es nadie. Anda con Dios.

(Yerma se dirige a la puerta y en este momento llaman a ella. Las tres mujeres quedan paradas.)

Dolores — ¿Quién es?

Juan — Soy yo.

Yerma — Abre.
(Dolores duda.) ¿Abres o no?

(Se oyen murmullos. Aparece Juan con las dos Cuñadas.)

Hermana 2 — Aquí está.

Yerma — ¡Aquí estoy!

Juan — ¿Qué haces en este sitio? Si pudiera dar voces, levantaría a todo el pueblo, para que viera dónde iba la honra de mi casa; pero he de ahogarlo todo y callarme porque eres mi mujer.

Yerma — Si pudiera dar voces, también las daría yo, para que se levantaran hasta los muertos y vieran esta limpieza que me cubre.

Juan	¡No, eso no! Todo lo aguanto menos eso. Me engañas, me envuelves y, como soy un hombre que trabaja la tierra, no tengo ideas para tus astucias.
Dolores	¡Juan!
Juan	¡Vosotras, ni palabra!
Dolores	(Fuerte.) Tu mujer no ha hecho nada malo.
Juan	Lo está haciendo desde el mismo día de la boda. Mirándome con dos agujas, pasando las noches en vela con los ojos abiertos al lado mío, y llenando de malos suspiros mis almohadas.
Yerma	¡Cállate!
Juan	Y yo no puedo más. Porque se necesita ser de bronce para ver a tu lado una mujer que te quiere meter los dedos dentro del corazón y que se sale de noche fuera de su casa, ¿en busca de qué? ¡Dime!, ¿buscando qué? Las calles están llenas de machos. En las calles no hay flores que cortar.
Yerma	No te dejo hablar ni una sola palabra. Ni una más. Te figuras tú y tu gente que sois vosotros los únicos que guardáis honra, y no sabes que mi casta no ha tenido nunca nada que ocultar. Anda. Acércate a mí y huele mis ves-

tidos, ¡acércate!, a ver dónde encuentras un olor que no sea tuyo, que no sea de tu cuerpo. Me pones desnuda en mitad de la plaza y me escupes. Haz conmigo lo que quieras, que soy tu mujer, pero guárdate de poner nombre de varón sobre mis pechos.

Juan — No soy yo quien lo pone; lo pones tú con tu conducta y el pueblo lo empieza a decir. Lo empieza a decir claramente. Cuando llego a un corro, todos callan; cuando voy a pesar la harina, todos callan; y hasta de noche en el campo, cuando despierto, me parece que también se callan las ramas de los arboles.

Yerma — Yo no sé por qué empiezan los malos aires que revuelcan al trigo y ¡mira tú si el trigo es bueno!

Juan — Ni yo sé lo que busca una mujer a todas horas fuera de su tejado.

Yerma — (En un arranque y abrazándose a su Marido.) Te busco a ti. Te busco a ti. Es a ti a quien busco día y noche sin encontrar sombra donde respirar. Es tu sangre y tu amparo lo que deseo.

Juan — Apártate.

Yerma — No me apartes y quiere conmigo.

Juan ¡Quita!

Yerma Mira que me quedo sola. Como si la Luna se buscara ella misma por el cielo. ¡Mírame!

(Lo mira.)

Juan (La mira y la aparta bruscamente.) ¡Déjame ya de una vez!

Dolores ¡Juan!

(Yerma cae al suelo.)

Yerma (Alto.) Cuando salía por mis claveles me tropecé con el muro. ¡Ay! ¡Ay! Es en ese muro donde tengo que estrellar mi cabeza.

Juan Calla. Vamos.

Dolores ¡Dios mío!

Yerma (A gritos.) Maldito sea mi padre, que me dejó su sangre de padre de cien hijos. Maldita sea mi sangre, que los busca golpeando por las paredes.

Juan ¡Calla he dicho!

Dolores ¡Viene gente! Habla bajo.

Yerma — No me importa. Dejarme libre siquiera la voz, ahora que voy entrando en lo más oscuro del pozo. (Se levanta.) Dejar que de mi cuerpo salga siquiera esta cosa hermosa y que llene el aire.

Dolores — Van a pasar por aquí.

Juan — Silencio.

Yerma — ¡Eso! ¡Eso! Silencio. Descuida.

Juan — Vamos. ¡Pronto!

Yerma — ¡Ya está! ¡Ya está! ¡Y es inútil que me retuerza las manos! Una cosa es querer con la cabeza...

Juan — Calla.

Yerma — (Bajo.) Una cosa es querer con la cabeza y otra cosa es que el cuerpo, maldito sea el cuerpo, no nos responda. Está escrito y no me voy a poner a luchar a brazo partido con los mares. Ya está. ¡Que mi boca se quede muda!

(Sale.)

Telón

Cuadro segundo

Alrededores de una ermita en plena montaña. En primer término, unas ruedas de carro y unas mantas formando una tienda rústica, donde está Yerma. Entran las Mujeres con ofrendas a la ermita. Vienen descalzas. En la escena está la Vieja alegre del primer acto.

(Canto a telón corrido.)

No te pude ver
cuando eras soltera,
mas de casada te encontraré.
No te pude ver
cuando eras soltera.
Te desnudaré,
casada y romera,
cuando en lo oscuro las doce den.

Vieja — (Con sorna.) ¿Habéis bebido ya el agua santa?

Mujer 1 — Sí.

Vieja — Y ahora, a ver a ése.

Mujer 2 — Creemos en él.

Vieja — Venís a pedir hijos al santo y resulta que cada año vienen más hombres solos a esta romería. ¿Qué es lo que pasa?

(Ríe.)

Mujer 1 — ¿A qué vienes aquí, si no crees?

Vieja	A ver. Yo me vuelvo loca por ver. Y a cuidar de mi hijo. El año pasado se mataron dos por una casada seca y quiero vigilar. Y, en último caso, vengo porque me da la gana.
Mujer 1	¡Que Dios te perdone!

(Entran.)

Vieja	(Con sarcasmo.) Que te perdone a ti.

(Se va. Entra María con la Muchacha 1.)

Muchacha 1	¿Y ha venido?
María	Ahí tienen el carro. Me costó mucho que vinieran. Ella ha estado un mes sin levantarse de la silla. Le tengo miedo. Tiene una idea que no sé cuál es, pero desde luego es una idea mala.
Muchacha 1	Yo llegué con mi hermana. Lleva ocho años viniendo sin resultado.
María	Tiene hijos la que los tiene que tener.
Muchacha 1	Es lo que yo digo.

(Se oyen voces.)

María	Nunca me gustó esta romería. Vamos a las eras, que es donde está la gente.

Muchacha 1 — El año pasado, cuando se hizo oscuro, unos mozos atenazaron con sus manos los pechos de mi hermana.

María — En cuatro leguas a la redonda no se oyen más que palabras terribles.

Muchacha 1 — Más de cuarenta toneles de vino he visto en las espaldas de la ermita.

María — Un río de hombres solos baja por esas sierras.

(Se oyen voces. Entra Yerma con seis mujeres que van a la iglesia. Van descalzas y llevan cirios rizados. Empieza el anochecer.)

Yerma — Señor, que florezca la rosa,
no me la dejéis en sombra.

Mujer 2 — Sobre su carne marchita
florezca la rosa amarilla.

María — Y en el vientre de tus siervas,
la llama oscura de la tierra.

Coro — Señor, que florezca la rosa,
no me la dejéis en sombra.

(Se arrodillan.)

Yerma — El cielo tiene jardines
con rosales de alegría:

entre rosal y rosal,
la rosa de maravilla.
Rayo de aurora parece
y un arcángel la vigila,
las alas como tormentas,
los ojos como agonías.
Alrededor de sus hojas
arroyos de leche tibia
juegan y mojan la cara
de las estrellas tranquilas.
Señor, abre tu rosal
sobre mi carne marchita.

(Se levanta.)

Mujer 2 Señor, calma con tu mano
las ascuas de su mejilla.

Yerma Escucha a la penitente
de tu santa romería.
Abre tu rosa en mi carne
aunque tenga mil espinas.

Coro Señor, que florezca la rosa,
no me la dejéis en sombra.

Yerma Sobre mi carne marchita,
la rosa de maravilla.

(Entran.)

(Salen las Muchachas corriendo con largas cintas en las manos, por la izquierda, y entran. Por la derecha, otras tres, con largas cintas y mirando hacia atrás, que entran también. Hay en la escena como un crescendo de voces, con ruidos de cascabeles y colleras de campanillas. En un plano superior aparecen las siete muchachas, que agitan las cintas hacia la izquierda. Crece el ruido y entran dos Máscaras populares, una como Macho y otra como hembra. Llevan grandes caretas. El Macho empuña un cuerno de toro en la mano. No son grotescas de ningún modo, sino de gran belleza y con un sentido de pura tierra. La Hembra agita un collar de grandes cascabeles.)

Niños — ¡El demonio y su mujer! ¡El demonio y su mujer!

(El fondo se llena de gente que grita y comenta la danza. Está muy anochecido.)

Hembra — En el río de la sierra
la esposa triste se bañaba.
Por el cuerpo le subían
los caracoles del agua.
La arcna dc las orillas
y el aire de la mañana
le daban fuego a su risa
y temblor a sus espaldas.
¡Ay qué desnuda estaba
la doncella en el agua!

Niño — ¡Ay cómo se quejaba!

Hombre 1 — ¡Ay marchita de amores!

Niño ¡Con el viento y el agua!

Hombre 2 ¡Que diga a quién espera!

Hombre 1 ¡Que diga a quién aguarda!

Hombre 2 ¡Ay con el vientre seco
y la color quebrada!

Hembra Cuando llegue la noche lo diré
cuando llegue la noche clara.
Cuando llegue la noche de la romería
rasgaré los volantes de mi enagua.

Niños Y enseguida vino la noche.
¡Ay que la noche llegaba!
Mirad qué oscuro se pone
el chorro de la montaña.

(Empiezan a sonar unas guitarras.)

Macho (Se levanta y agita el cuerno.)
¡Ay qué blanca
la triste casada!
¡Ay cómo se queja entre las ramas!
Amapola y clavel serás luego,
cuando el Macho despliegue su capa.

(Se acerca.)

Si tú vienes a la romería
a pedir que tu vientre se abra,
no te pongas un velo de luto,

sin dulce camisa de holanda.
Vete sola detrás de los muros,
donde están las higueras cerradas,
y soporta mi cuerpo de tierra
hasta el blanco gemido del alba.
¡Ay cómo relumbra!
¡Ay cómo relumbraba!
¡Ay cómo se cimbrea la casada!

Hembra ¡Ay que el amor le pone
coronas y guirnaldas,
y dardos de oro vivo
en sus pechos se clavan!

Macho Siete veces gemía,
nueve se levantaba.
Quince veces juntaron
jazmines con naranjas.

Hombre 3 ¡Dale ya con el cuerno!

Hombre 2 Con la rosa y la danza.

Hombre 1 ¡Ay cómo se cimbrea la casada!

Macho En esta romería
el varón siempre manda.
Los maridos son toros,
el varón siempre manda,
y las romeras flores,
para aquel que las gana.

Niño | Dale ya con el aire.

Hombre 2 | ¡Dale ya con la rama!

Macho | ¡Venid a ver la lumbre
de la que se bañaba!

Hombre 1 | Como junco se curva.

Niño | Y como flor se cansa.

Hombres | ¡Que se aparten las niñas!

Macho | ¡Que se queme la danza
y el cuerpo reluciente
de la limpia casada!

(Se van bailando con son de palmas y música. Cantan.)

El cielo tiene jardines
con rosales de alegría:
entre rosal y rosal,
la rosa de maravilla.

(Vuelven a pasar dos muchachas gritando. Entra la vieja alegre.)

Vieja | A ver si luego nos dejáis dormir. Pero luego será ella. (Entra Yerma.) ¿Tú? (Yerma está abatida y no habla.) Dime ¿para qué has venido?

Yerma | No sé.

Vieja ¿No te convences? ¿Y tu esposo?

(Yerma da muestras de cansancio y de persona a la que una idea fija le oprime la cabeza.)

Yerma Ahí está.

Vieja ¿Qué hace?

Yerma Bebe. (Pausa. Llevándose las manos a la frente.) ¡Ay!

Vieja Ay, ay. Menos ¡ay! y más alma. Antes no he querido decirte, pero ahora, sí.

Yerma ¡Y qué me vas a decir que ya no sepa!

Vieja Lo que ya no se puede callar. Lo que está puesto encima del tejado. La culpa es de tu marido, ¿lo oyes? Me dejaría cortar las manos. Ni su padre, ni su abuelo, ni su bisabuelo se portaron como hombres de casta. Para tener hijo ha sido necesario que se junte el cielo con la tierra. Están hechos con saliva. En cambio, tu gente, no. Tienes hermanos y primos a cien leguas a la redonda. ¡Mira qué maldición ha venido a caer sobre tu hermosura!

Yerma Una maldición. Un charco de veneno sobre las espigas.

Vieja — Pero tú tienes pies para marcharte de tu casa.

Yerma — ¿Para marcharme?

Vieja — Cuando te vi en la romería me dio un vuelco el corazón. Aquí vienen las mujeres a conocer hombres nuevos y el Santo hace el milagro. Mi hijo está sentado detrás de la ermita esperándote. Mi casa necesita una mujer. Vete con él y viviremos los tres juntos. Mi hijo sí es de sangre. Como yo. Si entras en mi casa, todavía queda olor de cunas. La ceniza de tu colcha se te volverá pan y sal para las crías. Anda. No te importe la gente. Y, en cuanto a tu marido, hay en mi casa entrañas y herramientas para que no cruce siquiera la calle.

Yerma — Calla, calla. ¡Si no es eso! Nunca lo haría. Yo no puedo ir a buscar. ¿Te figuras que puedo conocer otro hombre? ¿Dónde pones mi honra? El agua no se puede volver atrás, ni la Luna llena sale a mediodía. Vete. Por el camino que voy seguiré. ¿Has pensado en serio que yo me pueda doblar a otro hombre? ¿Que yo vaya a pedirle lo que es mío como una esclava? Conóceme, para que nunca me hables más. Yo no busco.

Vieja — Cuando se tiene sed, se agradece el agua.

Yerma — Yo soy como un campo seco donde caben arando mil pares de bueyes, y lo que tú me das es un pequeño vaso de agua de pozo. Lo mío es dolor que ya no está en las carnes.

Vieja — (Fuerte.) Pues sigue así. Por tu gusto es. Como los cardos del secano. Pinchosa, marchita.

Yerma — (Fuerte.) Marchita sí, ¡ya lo sé! ¡Marchita! No es preciso que me lo refriegues por la boca. No vengas a solazarte, como los niños pequeños en la agonía de un animalito. Desde que me casé estoy dándole vueltas a esta palabra, pero es la primera vez que la oigo, la primera vez que me la dicen en la cara. La primera vez que veo que es verdad.

Vieja — No me das ninguna lástima, ninguna. Yo buscaré otra mujer para mi hijo.

(Se va. Se oye un gran coro lejano cantado por los romeros. Yerma se dirige hacia el carro y aparece por detrás del mismo su marido.)

Yerma — ¿Estabas ahí?

Juan — Estaba.

Yerma — ¿Acechando?

Juan — Acechando.

Yerma — ¿Y has oído?

Juan Sí.

Yerma ¿Y qué? Déjame y vete a los cantos.

(Se sienta en las mantas.)

Juan También es hora de que yo hable.

Yerma ¡Habla!

Juan Y que me queje.

Yerma ¿Con qué motivo?

Juan Que tengo el amargor en la garganta.

Yerma Y yo en los huesos.

Juan Ha llegado el último minuto de resistir este continuo lamento por cosas oscuras, fuera de la vida, por cosas que están en el aire.

Yerma (Con asombro dramático.) ¿Fuera de la vida dices? ¿En el aire dices?

Juan Por cosas que no han pasado y ni tú ni yo dirigimos.

Yerma (Violenta.) ¡Sigue! ¡Sigue!

Juan	Por cosas que a mí no me importan. ¿Lo oyes? Que a mí no me importan. Ya es necesario que te lo diga. A mí me importa lo que tengo entre las manos. Lo que veo por mis ojos.
Yerma	(Incorporándose de rodillas, desesperada.) Así, así. Eso es lo que yo quería oír de tus labios. No se siente la verdad cuando está dentro de una misma, pero ¡qué grande y cómo grita cuando se pone fuera y levanta los brazos! ¡No le importa! ¡Ya lo he oído!
Juan	(Acercándose.) Piensa que tenía que pasar así. Óyeme. (La abraza para incorporarla.) Muchas mujeres serían felices de llevar tu vida. Sin hijos es la vida más dulce. Yo soy feliz no teniéndolos. No tenemos culpa ninguna.
Yerma	¿Y qué buscabas en mí?
Juan	A ti misma.
Yerma	(Excitada.) ¡Eso! Buscabas la casa, la tranqui lidad y una mujer. Pero nada más. ¿Es verdad lo que digo?
Juan	Es verdad. Como todos.
Yerma	¿Y lo demás? ¿Y tu hijo?
Juan	(Fuerte.) ¡No oyes que no me importa! ¡No me preguntes más! ¡Que te lo tengo que gritar

al oído para que lo sepas, a ver si de una vez vives ya tranquila!

Yerma ¿Y nunca has pensado en él cuando me has visto desearlo?

Juan Nunca.

(Están los dos en el suelo.)

Yerma ¿Y no podré esperarlo?

Juan No.

Yerma ¿Ni tú?

Juan Ni yo tampoco. ¡Resígnate!

Yerma ¡Marchita!

Juan Y a vivir en paz. Uno y otro, con suavidad, con agrado. ¡Abrázame!

(La abraza.)

Yerma ¿Qué buscas?

Juan A ti te busco. Con la Luna estás hermosa.

Yerma Me buscas como cuando te quieres comer una paloma.

Juan — Bésame... así.

Yerma — Eso nunca. Nunca.

(Yerma da un grito y aprieta la garganta de su esposo. Éste cae hacia atrás. Yerma le aprieta la garganta hasta matarle. Empieza el Coro de la romería.)

Marchita, marchita, pero segura. Ahora sí que lo sé de cierto. Y sola. (Se levanta. Empieza a llegar gente.) Voy a descansar sin despertarme sobresaltada, para ver si la sangre me anuncia otra sangre nueva. Con el cuerpo seco para siempre. ¿Qué queréis saber? No os acerquéis, porque he matado a mi hijo. ¡Yo misma he matado a mi hijo!

(Acude un grupo que queda parado al fondo. Se oye el Coro de la romería.)

Telón

Libros a la carta

A la carta es un servicio especializado para
empresas,
librerías,
bibliotecas,
editoriales
y centros de enseñanza;
y permite confeccionar libros que, por su formato y concepción, sirven a los propósitos más específicos de estas instituciones.

Las empresas nos encargan ediciones personalizadas para marketing editorial o para regalos institucionales. Y los interesados solicitan, a título personal, ediciones antiguas, o no disponibles en el mercado; y las acompañan con notas y comentarios críticos.

Las ediciones tienen como apoyo un libro de estilo con todo tipo de referencias sobre los criterios de tratamiento tipográfico aplicados a nuestros libros que puede ser consultado en Linkgua-ediciones.com.

Linkgua edita por encargo diferentes versiones de una misma obra con distintos tratamientos ortotipográficos (actualizaciones de carácter divulgativo de un clásico, o versiones estrictamente fieles a la edición original de referencia.).

Este servicio de ediciones a la carta le permitirá, si usted se dedica a la enseñanza, tener una forma de hacer pública su interpretación de un texto y, sobre una versión digitalizada «base», usted podrá introducir interpretaciones del texto fuente. Es un tópico que los profesores denuncien en clase los desmanes de una edición, o vayan comentando errores de interpretación de un texto y esta es una solución útil a esa necesidad del mundo académico.

Asimismo publicamos de manera sistemática, en un mismo catálogo, tesis doctorales y actas de congresos académicos, que son distribuidas a través de nuestra Web.

El servicio de «libros a la carta» funciona de dos formas.
1. Tenemos un fondo de libros digitalizados que usted puede personalizar en tiradas de al menos cinco ejemplares. Estas personalizaciones pueden ser de todo tipo: añadir notas de clase para uso de un grupo de estudiantes, introducir logos corporativos para uso con fines de marketing empresarial, etc. etc.
2. Buscamos libros descatalogados de otras editoriales y los reeditamos en tiradas cortas a petición de un cliente.

www.ingramcontent.com/pod-product-compliance
Ingram Content Group UK Ltd.
Pitfield, Milton Keynes, MK11 3LW, UK
UKHW040317300826
14791UKWH00003B/940

9 788490 076064